U0058970

亡紅忙綠

宇秀　著

名家推薦

「宇秀，我已在《創世紀》第186期上讀到你的詩
了。這四首（《禪的容顏》等—編者注）都超好，既抒
情又突出現代性，比你以前的詩好，更非許多女詩人能
及。祝賀你！

你很會用意象寫詩，這點跟我像。」

用她自己獨特的語言，通過詩歌她向一切謊言和陳腐思想
宣戰。意象是她最有力的翅膀，載著她，也載著讀者遨遊於一
個接一個的嶄新世界。

在她近作《雨中疾馳》中，我們看到如此極詭的意象：
「風夾著雨／把行進中的車窗削成一把把／濕淋淋的快刀／追
殺路人」。讓人驚悸，也讓人沉思。

她就是宇秀，一個具有駭人想像力的女詩人。

——洛夫

「你的詩很有發展啊！你很會在詩裡說事兒，有小說的細緻，戲劇的驚詫，還有音樂性，不少都適合朗誦，甚至可以直接譜曲演唱。

詩人要創造自己的句式，但不是胡謅，陌生而合理。你這個（《我忙著綠花菜的綠西紅柿的紅》──編者注）就是你自己的句式，別人沒這麼說過，新奇，但想想是這麼回事兒。」

有兩點在以往我的詩論裡談過的，在宇秀的作品裡找到了新的印證：一是，天才都是無性的。其人其作具有雌雄同體的特質。宇秀的創作有這個特質。二是，天才的創作都是偏執的，往極致上走，就算「中庸」也中到極致，於是就有了人格。宇秀的作品是一種人格的體現。

──瘂弦

宇秀的詩，是用漢語書寫漢地記憶和北美日常經驗的結果，它既表達了跨文化的共同欲望，也展示出其明晰的個人風格特徵：敘事中融合意象，敏感而銳利，細瑣而不鄙俗，滿含嘲諷又不失溫存，女性而不主義，如此等等。在貌似平靜的語詞水面下，諷喻的暗流呼嘯而至。

　　　　　　　　──朱大可（學者、文化批評家）

　　綠花菜的綠和西紅柿的紅看上去多麼平實，可是卻充斥著驚心動魄的色彩反差，無論是戒色還是色戒，都戒不掉女詩人洶湧的生命活力與元氣淋漓。宇秀的詩鑿通了神界與世俗的藩籬，如「睡美人」中的灶神鼠神，從最微小的塵埃中找到通往天國的梯子，而那些塵埃的顆粒，都會慢慢變成美麗的星子──星漢燦爛，若出其裡，正是她的詩句。

　　　　　　　　──徐小斌（中國女性文學代表作家，國家一級編劇）

　　宇秀的詩有簡單易懂的片段，也有複雜深邃的刻畫令你三思。詩中有意像、有音樂、也有口語抒情，更有她獨特的語言。她的詩，絕對超過一般華文詩作。詩多屬浪漫主義及象徵

主義範疇，也有些寫實主義的詩。宇秀的詩在這三種思潮中交迭自如，寫出她敏銳的感情及感覺。

——夏祖焯／夏烈（作家、成功大學外國文學與文化教授）

　　宇秀在其詩歌寫作中嘗試建構一套屬於自己的意象方式與語言表述體系，並初步形成了自已具有鮮明個性的審美藝術風格，這是一個優秀詩人的重要標誌。宇秀的詩，在對世界自身的打量與生命現象的書寫中，常以自覺的女性意識與女性經驗貫注其中，其詩思敏銳而奇詭，意象豐富而多彩，想像大膽新穎，言辭犀利有力，酣暢淋漓，打破了東方女性詩人常有的溫柔與優雅形象，以及與此相對應的藝術表達上的某種中庸狀態，帶給讀者以強烈的現代性的審美刺激。

——譚五昌（北京師範大學中國當代新詩研究中心主任、
國際漢語詩歌協會秘書長）

【自序】

女性而不主義

　　我的詩集《我不能握住風》幾經周折總算在廣西師大出版社基本上塵埃落定，從出版社接受選題到終審校樣，這段時間對於一個育齡婦女至少可以分娩一胎，並完成哺乳期，又足以懷上另一胎了。然而，即使我現在提到它「塵埃落定」，卻多少還有點忐忑地要加上「基本上」三個字，即使我已將付梓出版的書稿最後校對完畢，我還是不敢百分之百地相信它會按預產期順利出世。而這時，承蒙秀威與我簽下了另一本詩集，使得我充滿了一份另類的激情，好像在公開的婚姻之外，私底下又懷了孕，並且有可能比正在「待產」中的那個更早「啼哭」。這讓我既興奮又緊張。

　　我深信假如我是個男性詩人，肯定不會有這樣糾結的心理，這種糾結演繹到文字裡就容易形成戲劇的驚詫，而用詩的語言來表達，便可能就有了所謂的語言張力。這顯然是女性身份之下的女性意識所致，不是我想和不想的問題，對於一個誠實的女性詩人而言，這是一種自然的果實。

　　女性身份之於女性詩人的寫作，相比較男性詩人，我覺得

出於生理身份的感受、觀察和思考，更貼近原始而顯得更為真切，遠勝從社會身份出發的意識形態層面的任何代言。對於詩來說，感受總是比思想更為真實，也更動人。至於有人認為在詩人、作家的頭銜之前冠以性別，這個被稱之為「女詩人」、「女作家」的，就似乎比起男詩人、男作家要略遜一籌。我對此從來不以為然，就如同穿一條裙子與一群褲男並排，如何就能評判穿裙子的就不及穿褲子的呢？雖然褲子有褲子的無所畏懼，跨越、跳欄等隨便什麼步伐動作，盡可以肆無忌憚；而裙子的確是有不少時候需要小心，但裙子的誘惑力與包容度怕乃是褲子所不可企及的。

我一直很感謝父母給我女兒之身，讓我可以穿各種各樣的裙子。

從跨文化跨語境的視角，中國大陸著名的文化批評家、學者朱大可教授曾為《我不能握住風》寫過推薦語，而這本《忙紅忙綠》，我則自以為是地請他從女性意識方面說點什麼。不料他立刻回復我道：「你的詩與女性主義無關」。我一驚，但即刻感到一份欣慰，欣慰這位在當下中國文化批評領域獨樹一幟的批評家對我的詩歌在骨頭與皮肉之間的洞悉，他一個嗝兒都不打，立刻把我那些貫穿著女性經驗的詩與女性主義明確切割開來。大概是我之前提及的」女性意識」讓人誤以為有「女性主義」的嫌疑。

事實上，我素來對女性主義並由此產生和演繹的女權主義，懷有一份警覺。於是，我回復朱大可先生：「我的女性意

識不是女性主義。」他在微信上沉默了。大約十來天之後，我收到了他的推薦語，一如既往的「朱語」獨家評判，其中一句「女性而不主義」令我忍俊不禁。

這時我注意到同樣為本書寫推薦語的著名詩歌評論家、北京師範大學譚五昌教授這樣說：「宇秀的詩，在對世界自身的打量與生命現象的書寫中，常以自覺的女性意識與女性經驗貫注其中……」感謝他看到了我詩歌中的「女性意識」和「女性經驗」，卻沒有把這些籠而統之歸入「女性主義」。他是明晰而準確的。

作為一個女性詩人，我的寫作無論如何是脫離不了我的女性身份和作為女性的生物性存在，性別的生理客觀，絕對影響到我對世界的觀察、感受、思考，和訴諸文字的呈現。寫詩不同於寫小說和戲劇，作為作者的本我很難隱蔽或懸置，雖然詩歌的創作需要極大的想像力，但同時詩歌中的我又是最不容忍和遷就虛構性的。

我之所以與各種主義保持著距離，一是客觀上受制於我的有限的閱讀，因為讀得少，對於各種主義也就只知其皮毛，無從跟在誰的屁股後面，更無從自詡扛著哪一面旗幟。第二，這一點很重要，可以說是我的自覺，那就是我並不希望自己在寫作中僭越一個女性的身份，或以任何一種主義的強調來壓倒我的原始的女性意識與自然的女性經驗。我從來不以為一首詩中強烈的女性意識和顯而易見的女性經驗會削弱作品的力度與深度，所以我一向在我的詩作中毫不回避源於我的女性身份與女

【自序】女性而不主義

性經驗的喜怒哀樂及其思考。但這與女性主義的主觀意識的強調與追求毫無瓜葛。我很是害怕那種為了彰顯「平等」、「平權」，男人有八塊肌肉，鼓勵女性也要努力練成一隻青蛙，分不清肌肉和乳房。我覺得那是一種貌似彰顯女性權益的自殘。

有意識地強調、傾向於女性主義或其他任何一種主義，頗有一個危險令寫作者為了那個「主義」而削足適履，或添油加醋，就像主題先行的寫作，很容易讓作品生硬和概念化，喪失和異化詩歌原本應該呈現的大千世界的真相和內心世界的豐富、複雜、隱秘。詩和人一樣，一旦那字裡行間失去了活生生的氣息和性情，無論有多麼高深的技巧、多麼瑰麗的語言、多麼強烈的主義，也就無異於裹著華麗衣裳的屍體。

瘂弦先生說「天才都是無性的。其人其作具有雌雄同體的特質。宇秀的創作有這個特質」。我在想，或許正是因為有著雌雄同體的共存，並且不框定不介意是用雌性的口吻，還是以雄性的話語，雌也是我雄也是我，故而那種對於女性主義的刻意和熱烈並不會激動我的創作，不會令我瘋狂到把胸罩挑到旗杆上。

在世俗的生活現實裡，我不能保證自己不背叛自己，不能保證有堅強的定力抵禦任何我並不想服從的事情，但有幸的是至少在詩裡，我可以潔身自好，而不屈從於任何主義。

我把自己詩歌寫作的一點感受記錄在此，權且作為本書的自序。

感謝已故的詩壇前輩洛夫先生在他生前為我的詩作寫就的

評語，令我有勇氣在此說出我對詩歌寫作的一點陋見。感謝瘂弦先生等諸多海內外華語文壇名家、專家的誠摯推薦、點評，使我的創作獲得寶貴的肯定和鼓勵。最後要感謝我的先生和女兒對我寫作的理解和支持，使我日常的忙碌終有一個詩意的歸宿。

2018年8月15日　寫於北溫哥華

【自序】女性而不主義

CONTENTS

心鏡世相

雨聲

在天窗上放大滿屋寂靜
才立夏，就這麼傷心？
什麼需要如此慟說
竟從天而降，擲地為聲

朝露

從夜的眼角跌落，顫抖在
清晨的掌心。天文學家和園丁
不約而同首先排除了哭泣
於是，鳥飛來啜飲

果子

做人太累時，難免幻想
來生做一隻鳥，甚至做一頭豬
而我想做一枚沉默的果子
甜而多汁，用本份與安詳來詮釋
一生歲月靜好

我的幸福在青澀年華
懸於枝頭沐浴陽光，日益地圓潤
充實著風景裡的裝飾
全然忘記一旦成熟
那命運便逃不脫牙齒的淩遲

如果夠甜，一口口被咬下的身體
可能得到些許誇讚
如果依然幼稚，澀而酸
即使被粉碎在齒間，也落下一堆
牢騷和抱怨

小胡桃

一枚小胡桃
彷彿被老虎鉗夾住
在齒間爆裂

舌尖急忙在黑暗中檢索
把骨肉分離開來
讓其兵分兩路

一路入關，一路出關
味蕾愉悅之際
舌頭忍著肉綻之痛

上輯：心鏡世相

獨坐咖啡館

臨窗獨坐
主題浮出顯影液
細節清晰，線條鮮明得稍許生硬
鄰桌、後座，以及穿梭的客流，透過
套了一隻女人絲襪的鏡頭，柔和地彌漫著
世故人情。平庸的歡喜裡沒有焦點
日常就是這樣模模糊糊如抽象的水粉

周遭聲音嗡嗡
嗡嗡是一種和諧，若林中樹葉間的和聲
沉默卻毫髮畢現
鬢角上新生的華髮被陽光高調照顧得驚心
一絲真相都藏不住
這樣高清的細節令緘口也無可躲避
我成為我自己的險境

桌上一杯咖啡
只有在被人啜飲時發言

所有甜言蜜語皆非它的本意
握著把柄的手卻沒有把柄好看的弧度
與鎖骨與乳溝一起隱約成背景
於是，那畫面的主體
便由那杯子造了型的憂鬱沉靜其中

一團濃黑的隱喻，誰將觸動

被告

被告律師說他的當事人
與案情毫無關係
我必須改訴一家公司而不是一個人
事實是那家公司是那人打的傘
晴天是陽傘，雨天是雨傘

從法院出來的路上
我望著天上的一朵雲，那雲突然翻臉
變成了雨，並且從衣服直接鑽進我的身體
我在連連的噴嚏裡思忖
我該訴訟這朵雲
還是這朵雲上的天

全麻

淺藍的手術衣是一層薄薄的虛掩
是我麻木前的臨時尊嚴
我知道，這點可憐的面子
很快就要被剝去，剝成一尾赤條條的魚
接著被剖開肚皮

主刀醫生、麻醉師、護士
帽子與口罩之間藍色的褐色的眼
宛如波光粼粼春天的湖
尤其是麻醉師
他保證讓我馬上感覺很舒服
我不質疑，反正已經交出了自己
哦，當一個人失去行動也將失去思想時
世界就柔軟得讓骨頭發酥
不經意我被麻醉驗證了一回
與世無爭的幸福

在針頭刺進血管的剎那
我想起一名囚犯被注射死刑
殘酷的事情也可以那麼溫和那麼安詳啊
時間未讓我多想
身體就被暖暖的河流托起，融入天藍
一具肉身成為一朵雲
原來並不很難啊，只要足夠麻木

場上

寶石
被鎖進櫃子的日子裡

光芒
把閃爍的機會讓給了玻璃
玻璃
用碎了一地的節操代言陽光

寶石
沉默於王冠靜候又一朝代登基

魔方

一個魔方
黑黑白白赤橙黃綠
變換著生生死死且悲且喜
我和眾多的屍體擺成豐功偉績
你同活著的人們
挽起巨大花圈慶祝勝利

伸手撫摸最黑暗的地方竟柔情似水
我不在乎有沒有安魂曲
天生好幻想終於在死亡中蔚藍
你立刻關上天窗
把祭文裁作一條離奇的黑裙
與紅旗同在風中招展
關於死者的悼念比死者還要沉默

無論是從哪棵樹上墜落的頭顱
都不可名狀
眼睛與子彈同時嵌入牆壁

你急忙化妝

與無數化妝的臉孔面面相覷

有人親切地握住了你的手百般撫慰

連狗急跳牆都可歌可泣

無奈你把笑做作得像哭

槍聲是仁慈和正義的宣言嗎

獻血者有賣錢的有義務的

血，不僅能輝煌旗幟也能玷污旗幟

博物館裡有沒有最新的證明

無聲的彈洞永遠地注視

皇上像小孩捏一個魔方在玩

引來許多許多忠誠

排成死亡的隊伍進諫

而領袖的禮帽變換著春夏秋冬一季一景

哪有風景這邊獨好

唯有我悲慘的幻想是你旅遊的聖地

可惜有很多想法不敢出門

總是有人坐以待斃

我倒是自由自在於黑暗中吹著口哨

看漁火點點明滅

死裡逃生卻無處登陸

今晚誰也別想突圍勝利的花環

夜路急速轉彎
你從無望的深淵撈出一頂燦爛的草帽
掩護一隊亡魂

忙紅忙綠

雨中疾馳

馬路上的雨水，被疾速的車輪

碾出奔騰的沙飛翔的霧

風夾著雨，被行進中的車窗削成一把把

濕淋淋的快刀

追殺路人。流浪漢

胸口掛著飢餓的牌子穿梭於快刀之間

其實，雨並不急

它知道自己──從天上掉到地上的宿命

急的是車

更急的是車裡的人，他們

總是比雨中的流浪漢更多焦慮

所有地上的奔波

無論朝著哪一個方向，都免不了急切

一隻臭鼬竄出來，試圖穿過馬路

覓食，卻在輪下倒斃

它垂死前因恐懼發佈的惡臭

躲過濕淋淋的亂刀，搭上我的車

令我不得不

把死亡的氣息帶到遠方

別了，武器

把牙齒拔下來交給上帝，我放下了
隨身攜帶的最後武器，月色裡跳上
海明威的小船；世界啊再也不用擔心
——我會在你肩上咬出血印

蘋果

蘋果店裡

沒有一個蘋果

卻擠滿了來買蘋果的人

一顆不能吃的蘋果被全世界人追捧

人們心甘情願

把愛情讓給它充饑

把童真丟給它把玩

把腦袋交給它思想

它，堂而皇之地離間著天倫

它，不動聲色地佔據著心靈

無數腦袋無數顆心

一離開它就恍若被蛀空的洞穴

發明這個蘋果的人

咬掉一口，便去了天堂

地上的人們在他的唾液裡發瘋

繁殖離奇古怪的欲望

再也沒什麼可以填滿這個缺口
除了蛆

樹上的蘋果掉了一地
腐爛成泥
夏娃在伊甸園外捧著一顆偷食的
禁果，不知亞當去了哪裡

獨酌

這樣的題目和這樣的舉動都很老舊
像用久了茶壺裡的鏽

午後的秋陽在近處一排矮矮的冬青上
鋪陳乏力的溫柔
這讓我想起蘇州弄堂青瓦白牆之間
晾曬的舊棉被和祖父的咳嗽
一杯小酒在清末的酒具裡被祖母燙出
新鮮的熱度，恰到好處
那樣的好處沉澱了半個世紀
獨獨留給我歎息

地窖裡的陳釀，等著對酌
還是不碰的好，免得倒出來不是那個味兒
酒坊就在不遠處的街邊
每天都有陌生上架，廣告的新品其實很澀
獨酌的人不在乎年份
凡是添了愁的滋味從來不分新舊

總是有一些事物不會過時，但也了無新意
比如疼痛，比如酒

這世界已不再被血淚動容
新聞裡剛剛報導
校園又發生了槍擊，而躲過了槍擊的孩童
卻沒躲過假疫苗的針頭
然而，天氣依然好得催人們出遊
鄰居照舊去遛狗
孩子們照舊嬉笑著踢球
男人們照舊忙著飯局，牌局，會局，和戰局

我卻不合時宜地淚流
生生把當下一派光明醃出一層銅銹
這午後的秋陽就成了一床舊棉被
天空忽然離開後院，特別高遠特別藍
我在那很高很遠的藍色裡
聽到祖父的咳嗽
聞到祖母剛剛燙好的桂花酒

牆

將四周的風擋在外面，你把宇宙
變成餐桌與床笫之間的迴旋
拖鞋在避難所，裸足在囚牢
你不斷地被樹立不斷地被推翻

你往任何地方一站就成了屏障
鳥試圖煉成鷹，螞蟻紛紛來啃你腳跟
你不能趴下！哪怕滿身彈孔半截身軀
於是有處被憑弔的風景叫作：殘垣斷壁

古寺二題

香客

是誰
在長長的石階上踏出整個下午的寂靜
禪的耳朵在木魚上複製同一種聲音
唐朝的誦經迴響到今日
只為等待一個歸人

石階

這些石階好新，好寬敞
顯然不是剃度和絕塵的秘徑
香客的足印很容易就填滿
上上下下的平平仄仄
唯詩人在這一格格空行裡獨自悵然

農事

一

鐮刀鋤頭拖拉機已不諳農事
稻田高粱地都澆灌了水泥
拉磨的老驢和空空的磨盤相視無語
農婦挎上愛馬仕與馬毫無關係

二

我剝著蒜皮看她泡在英倫下午茶裡
新做的法式指甲裡還藏著中國的土地
我想問一些農事比如大蒜的種植
我想在窗臺的花池栽種一點實際的意義

三

種在花池和大田裡的蒜苗長勢肯定不同
可否在溫哥華的陽光裡試試韭菜和大蔥
她用粉底霜遮住鄉村日光留在臉上的傳奇
反問我怎樣烘焙正宗的鬆餅或馬卡龍

午時的餐廳

乍暖還寒時，立春後的雨照舊的冷
街上沒有行人，偶爾一兩隻烏鴉
蹲在被雨水打落了
剛剛綻開粉色笑靨的櫻花樹上
覷覬著馬路對面的餐廳，卻不出聲
我就是有挺機關槍掃一梭子
也不會有一個倒下的，我和烏鴉
都將免於死刑。在沒有死刑的國度
各種原罪集合到一起消費寬恕

午時的餐廳，沒有午餐的客人
白白地亮著一盞盞燈
如白白開著的無人賞識的花朵
郵差日復一日的乏味如重複的廣告
從不送來情書或家信的驚喜
唯有催命的帳單帶來肉跳心驚
烏鴉騰地飛過馬路，抖擻了一下
濕漉漉的確定，它確定至少這一刻

我只能注視它勝過注視一些空洞

我在注視中，研究烏鴉濃重的黑色
和一個女人所剩無幾的青春
店門突開，我的心也被嘩啦打開
瞬間幻想到遠方失聯的情人
來者卻一頭衝進，面目不清種族不明
我依然如迎接上帝般恭敬
虔誠無比地遞上耗費了一個月的利潤
印製的嶄新菜單，那人看也不看
就直言他要用廁所不是午餐

烏鴉透過玻璃窗，偷窺
我的魚兒在菜單上優雅地擺尾，一轉身
才驚覺——
必須趕緊去魚缸裡打撈它的屍首

向上帝投訴的詩意

扯一大片炫目的陽光抹乾淨桌椅
把綢緞般的光陰圍在腰間端菜斟酒上茶煮咖啡
把幾輩子的嘴巴並在我一張嘴裡
跟每個人說對不起
因為凡是來到我面前的都是
——我的上帝

隱匿在櫻花爛漫的水粉畫裡洗馬桶
用生命裡蔥鬱的綠意刷著碗盤的油膩
把昨夜剛剛哭過的事情想像成一朵桃花
給每個人送上微笑
因為凡是來到我面前的都是
——我的上帝

把尖銳的挑剔和魚骨蟹殼一道收起
在高腳杯的殘酒裡品咂寡味濃意
一再清理滿桌狼藉一再鋪就明日的絢麗
因為凡是來到我面前的都決定著——

我後院的鬱金香會不會如期舒綻
我壁爐裡的冬夜有沒有足夠的火焰

我不管人們給我的臉色是好是壞
也不顧人們看我的眼睛是高是低
我還是微笑著
說著一遍遍我自己都說不清的對不起
然後收拾起一個個叫做小費的硬幣
去支付女兒手指在黑白鍵上的歡喜

轉身把向隅的熱淚丟進《悲愴》的奏鳴裡
祈禱《暴風雨》過後的靜謐
一次又一次清掃滿地紛亂的腳印後
默默蹲下撿起時間的碎片
細細地不厭其煩地
拼接生命中時斷時續的詩意

因為凡是來到我面前的都是
——我的上帝

我忙著綠花菜的綠西紅柿的紅

綠花菜昨夜還綠得很沉著

今天午時就黃了

一如我在母親懷裡的照片失去鮮明

那色衰的照片像一張老去的臉

訴說著日子和那日子裡的不可訴說

我問母親我是怎麼離開她懷抱的

她說她正忙著洗尿布

和尿布以外的許多有意思沒意思的事情

一回頭，她的孩子就自己去了菜市

就買了綠花菜、西紅柿還有其他

對了，西紅柿昨夜還紅得很美豔

和綠花菜一起躺在一個籃子裡

今天午時那紅紅的美豔就潰瘍了

我顧不得思考那一夜的紅那一夜的綠

如何這般速朽，我只是在心疼

貴到七塊加幣一顆的綠花菜

就這樣扔掉嗎？然後我就像醫生

切掉一處發炎的膿包一樣
切掉西紅柿潰爛的部分
接著開始盤算是去大統華
買兩元一磅可能摘掉一半的菠菜
還是去沃爾瑪
買三元一磅的可以做六盤沙拉
順便看一下嬰兒的尿片和成人的紙尿褲
哪個正在打折

在不知菜價也無需瞭解尿片的時候
我常常像哈姆雷特
延宕在夜空之下思考是生還是死
此刻，我就只顧忙著
綠花菜的綠西紅柿的紅
卻怎麼也擋不住日子跟著綠花菜泛黃
跟著西紅柿潰瘍
偶爾激動的事情像菠菜一樣沒有常性
轉眼就流出腐爛的汁液
所有的新鮮不過是另一種說法的時間

母親在時間的左邊洗完尿布
就到時間的右邊被穿上成人紙尿褲
好像僅僅隔了個夜

那一夜，籃子裡並排躺著
沉著的綠花菜和美豔的西紅柿
它們不知道第二天讓我的心
有多疼

打烊

吹滅最後一支燭火
一天的喧嘩也跟著黯然下來
點點餘音像殘羹剩菜
零零落落地留在狼藉的盤底
門外的雨聲遂漲潮似地漫了過來
壓迫這一刻的虛空

我把窗簾一一合攏
彷彿散場的舞臺終於謝幕
彈一彈微笑上的塵與疲憊
拂去汗水混合的油膩
然後像折疊一張餐巾紙一樣
折疊好自己的微笑
並置於無人觸碰的角落，為明日備用
而這微笑終究不像餐巾紙
用一張可以丟掉一張
我的，需要反反覆複地一用再用
我就是擔心

終有用舊用破的時候啊，尤其

在這雨下個不停的秋夜
到底還有多少本錢準備明天的微笑
──這是今晚清點帳目之後
需要思考的問題
不過此刻，我要先去收拾靠窗的兩支高腳杯
尚有些許梅洛留在杯底
其中一支，殘留的口紅顯而易見
於杯口掛著半唇性感的醉意
這，令我有點莫名的妒忌

猜想那紅唇在夜深處
可能正好是一枚櫻桃被人家含在嘴裡
那麼秋雨恰好是浪漫裡的纏綿
而我卻在發愁
明日的訂台會不會因此取消？
冷庫保不住蔬菜瓜果和海鮮們的鮮
還有，折疊起來的微笑放久了
是否也會發黴？

我忽然想以倒下的姿態抵抗未來
抵抗一次又一次沒有掌聲的粉墨登場

不管明天雨過天晴也好

暖陽撲面也罷

此刻的我，只想躲在打烊的世界後面

開一瓶梅洛，無所謂與誰乾杯

我習慣了與虛空對飲

我在虛空中賞看時間以外的自己

不緊不慢地倒下，蛇一般

遊入血色的液體

生活很癢

生活，很癢
我在生活的汗毛與叢林裡
蟄伏、跳躍

生活，是塊肥碩的肉
我羸瘦如針
不知是生活吸了我的血

還是我在吸生活的血
但我得不停地抓撓生活——
這是抓不破的真理

抓破的是生活的皮
撓出的血是心上的淚滴
就著灼熱的殷紅寫下痛快淋漓

如今墨汁漸行漸遠
真情已沒有白紙上的黑字

有的是鍵盤上敲出的囈語

瘙癢卻是切實的焦慮
狠命撓出來的血可能是毒液
卻令性感的肥肉平添瑰麗

我一不跳就是死期
在等死的時候也等待撓破的生活
癒合成光滑的詩句

風暖了花香了孕婦分娩了
交通堵塞房價飆漲難民又下來一飛機
生活，正撓著頭皮

古典的暗啞裡，手機叫了

陰影用抑鬱表達明亮
靠窗，倫勃朗的光
將一杯卡布基諾恰如其分切割得半明半暗
我想沉潛到古典的暗啞裡，看看
時間之外的飛鳥和雲煙

然而，手機叫了
女兒在對面髮廊叫我去支付三百五十加元
為她曲卷的黑髮被拉直得一絲不苟
而十多年前的我在徐家匯*拐角的美髮廳
用七百元人民幣
把一頭率直卷成破碎的浪花

然而，手機叫了
地產經紀最後通牒再不下訂單
就失去了這個價位上的海景
而我的書桌一向在地下室面壁如達摩在石壁打坐

無窗的牆壁掛著一幅天空,那方藍色裡
鳥兒從不振翅

然而,手機叫了
醫生通知超聲波的結果在良性與惡性之間
我的痛處將被放大
在拱橋似的CT機裡切成若干鹿茸片
那早已封存的情殤是否會在某一片上留下痕跡
令人錯把那結痂的往事看成索命的繩結

陰影用抑鬱佐證明亮
我從倫勃朗的光裡走出,被暖陽包圍
拉直的髮絲催著付費
貸款簽名欄等著一個負債累累的母親
女兒和銀行的方向怎麼偏偏相悖

*徐家匯,上海著名商圈

生活瑣事

像有條滾動的鐵鍊
一轉就發出恐怖的音響
主婦只好讓那些洗了一半的衣服
等待廣告裡的人來

來人從一段細小水管
取出一枚面值一毛錢的硬幣
鐵鍊聲隨即消失
他迅速開出
一百四十一塊七毛五的賬單，當然
他說付現金就
便宜百分之五的聯邦政府稅
主婦收起支票
轉身取出一百三十五元

晚上，夫妻吵了一架
妻子抱怨不止一次
用一百、數百或者更多
支付了丈夫褲兜裡的五分或一毛

入秋的晚餐

入秋那天
女兒要求母親教她煮一餐晚飯
西曬的強光越過窗子
照亮母親隱秘的褶皺和細微的斑點
女兒的青春恰是逆光上一層淡黃的絨毛

西式的爐灶沒有明火
很容易令人忽略油鍋的焦慮
而油的熱點卻不分東西一樣的急不可耐
母親慌忙退到時間的門簾後
這個傍晚
在鍋裡吱吱叫著迸出混合了焦味的香氣
一個孩子的獨立
從煎熟一隻荷包蛋開始

她把盤子裡的太陽端到餐桌上，撐開一盞燈
哦，到底是秋了
天像老人眼裡的光早早暗了下來

我懷念吵架的事

長大了
我們見面點頭微笑
彬彬有禮
可我愈加懷念小時候
吵架的事
啊，多麼有趣

那次
我胳膊越過了你
在課桌上畫的「三八線」
我們就在邊境線上大戰一場
我哭了，發誓永不理你
第二天上學路上
雨，滴答，滴答
你看看旁邊沒人
悄悄地把我拉到你的傘下

長大了
我們變得很客氣
見面點頭微笑
彬彬有禮
可我總覺得心上有一道
「三八線」似的

父愛與素食主義

我不要吃雞肉！

女兒大叫著
推開面前的盤子
推開父親老虎鉗一般的堅定
吊帶衫勒出的肩胛骨
像退了毛的雞骨架
隨著剛剛開始發育的小胸脯
喘息，一聳一聳

你必須吃下去！

父親低沈的嗓音憋在閘門裡
把盤子推回到她面前
一條再也站不起來的雞腿
卻是立在孩子面前的一道軍令
她突然跳起來
像一隻受驚的小鳥在籠子裡

撲楞著東碰西撞
被追逐著在房間裡躲來躲去

你在長身體，你需要營養！

父愛的焦慮是乾涸的土地裂開的唇
從地心裡迸發的吼聲像火山噴薄
女兒一如疲憊的俘虜
被押回到餐桌
眼淚在清淡的雞湯裡不斷地注入鹹味
不知是為死去的哭泣
還是為她自己
被迫要去咀嚼已故的生命

那些炸成金黃的翅膀
再也不會呼扇，那喔喔的叫聲
在沸騰的湯裡咕嘟
為什麼要讓那麼多雞
死在我的成長裡？
──我聽見它們在哭，它們在哭
她突然捂住眼
啊啊，雞毛飛來了
滿屋子地飛來飛去啊

終於不能抵擋父愛的力量
她咽下了在叉子上受刑的雞肉
連同她自己的哭聲

忙紅忙綠

黑色素遺傳

母親的黑色素沉澱在我臉上

暗啞了過往的青春

陽光在寬邊帽沿上走走停停

讓我與熱烈保持距離，而我知道自己

天生不屬於大紅大紫

總是躲在墨鏡、陽傘和寬邊帽沿下抵抗過度的明亮

我喜歡陽光鏤空的林間小徑

一個個波點的光圈在臉上打轉轉

我不敢在那光圈裡隨便著色

只有在黑色裡用足膽量

沒有比黑色

讓我更加無畏地走進白天的人民廣場

或置身夜晚的酒會殿堂

每當我無從選擇，不知所措

黑，便是徹底了斷心無旁騖的所向

俗話說，一白遮百醜
我的遺傳基因裡偏偏缺白，讓我無以遮醜
春光下我常常低首在黑色素裡犯愁
一抬頭，撞見鏡中人──
母親唯一的白，那霜染的髮何時竟爬上我的頭

忙紅忙綠

寫詩是怎樣一種浪漫

有人告誡
還在為住房發愁的的時候
寫詩就是找棺材睡

不知何時我竟躺在裡面
想像雲彩、雄鷹、小鳥、甚至蒼蠅
凡是可以飛的
還有風，以及被風鼓吹的火
好羨慕它們並不依賴腳甚至根本沒有腳
卻跑得又快又遠
而我偏偏愛上一個跑不動的傢伙

它不是被深埋
就是被火焰讀成灰燼
在此之前，請讓我在黑暗裡書寫星空

辦公室朋友
——致老同事C.X

從雜誌上又讀到你和你的石油
才覺辦公室裡少了一位朋友

想起你總是穿一件
抹布一樣斑斕的大地牌風衣
丟了所有的紐扣
裹一身油田的風暴和夜半偷來的溫柔
匆匆踏進莊嚴的辦公樓
然後，把煙鬥，把燒餅，把詩稿
把女人的笑靨一股腦兒鎖進抽斗
偶爾也換一件進口的舊西裝
接通一連串嘰裡咕嚕的電話
就去華爾滋探戈倫巴還有帶抽筋的迪斯可

常常在我做遵命文章的時候
你的思想如井噴嘩嘩啦啦抖了一桌
於是，關於比基尼關於第三者

關於人性的弱點關於中國人的醜陋
我們臉紅耳赤爭論不休
無論我罵你是炸醬麵還是愛滋病
你都笑呵呵地接受
於是，在你鼻孔噴出的煙霧裡
我們愉快地吹牛

有一天，你突然哭了
你這個大鬍子男人怎麼也會淚如雨下
看你默默收拾起辦公桌，默默
走進連連噴嚏的晚秋
傳言你醉倒一片高粱地還有錯錯落落的
詩歌為證。人們罵你是流氓
領導要求群眾包括我保證跟你劃清界限
而我總是把流氓與牛虻混為一談

沒了紅臉的爭論也沒了愉快的吹牛
辦公室整天板著正經的面孔
領導講話時，我卻想著
此刻的你，是在詩行中還是在裙子裡
新來的人像走馬燈，都穿著和你一樣的風衣
他們有一粒不少的鈕扣
他們沒有一個是我的朋友

遐想夭折

若死，要趁早，我想
不要像果子衰老腐爛後再墜落到地上
夭折作為一出尚未啟幕的經典，令我一再想像

很多人來了
有長輩，有同輩，尚無晚輩
一個死人讓許多彼此冷漠的活人聚到一起
特別是那些追過、愛過、恨過我的
那些我答應的和沒有答應的他們
在我停止運轉的頭顱
新鮮得一如剛剛從枝頭被風不經意吹落的蘋果
他們都來了
公開的愛憐與悲慟令逝者空前甜蜜芬芳
棺木裡的身體比在床上更惹人動情
儘管無比冰涼

遐想謝世的時候我正年輕得像花一樣開著
死亡便是花朵裡的夜色
所以，他們來了

看溫哥華璀璨的夜

十年或二十年前
她在花店打烊後回到家
站在露台上看海
看溫哥華璀璨的夜

今天，這海這夜越來越昂貴
那露台已容不下賣花姑娘
她搬到了
種花卻沒人買花的地方

那裡的夜景
無需一個昂貴的露台
那裡的夜
沒有星星般的燈，有的是星星

渡船盲女

每個人都低著頭
並非思考
並非打盹
也並非為逝者致哀

每個人都低著頭
辜負著窗外
徐徐往後退去的波浪
和被波浪牽著倒走的夕陽
和夕陽裡穿著紅袍準備謝幕的城市

每個人都低著頭
除了她，和她的導盲犬
她看向哪裡，哪裡都是黑暗
但是，她仰著頭
天色在她的仰望中澈底黑下來

低頭的人們，紛紛
從手機裡走出來，走上岸
晚風吹來，路燈如醒來的眼睛
次第睜開，夜幕下唯有她
無需一盞燈

拖氧氣瓶的老婦人

助步車總是先她一步進門
老婦人鼻孔插著管子
氧氣瓶跟在她身後，老伴推著就像
幾十年前推著他們的孩子

在鋪著白色臺布的餐桌前坐定
氧氣瓶立在老夫婦之間
筆挺，如恭候點菜的侍應
不知道對坐的中年是不是幾十年前
嬰兒車裡的人
他們共用了一客蝦餅，並請侍應
把每一塊切成四等份；而菠蘿飯
在中年的刀叉下土崩瓦解
一盤海鮮帕泰*彰顯著
夫妻的親密合作。最後的帳單
咬掉信用卡一角。她簽名時哆哆嗦嗦
氧氣管裡咕嘟嘟冒著泡泡

此後，男人獨自來打一份外賣
他無需再推氧氣瓶，他只需增加
半份帕泰，依然海鮮的
新交的女友想試試他喜歡的味

*帕泰，泰國風味炒米粉

馬王堆丞相夫人

兩千年前的肌膚仍被今天的手指按出彈性
她曾被如何寵愛過啊，居然可以柔軟到現在
當年封存她的人可曾想到未來的某一天
多少無關的手來翻弄和他有關的身體
翻弄她的人戴著口罩戴著手套，
在她身體上一釐米一釐米地行進，當然也不會放過
那處最私密的風景

考古學在因痙攣猝死的心臟和被瓜子窒息的氣管之間
各執一端，而誰是痙攣的誘因？誰是致命的瓜子？
則是一部野史小說倒敘的開端
小說家讓狄仁傑、福爾摩斯，還有活在當下的李昌鈺
相互穿越，他們各自從陪葬的珠寶中選取一顆
然後沿著三條細如髮絲而富含蛋白質的線索進入歷史

新房子，舊房子

結婚的花車一溜兒排向飯店
氣派不凡，而今人們往往氣派得庸俗不堪
奶奶年輕時也喜歡這樣的輝煌
如今卻認定這樣的輝煌終究也是悲傷
依著舊日高高的門檻
眼眶裡湧出整整一代辛酸和依戀──
「我在這裡做過新娘娘啊！」
奶奶憶起她那紅彤彤的花轎
孫子卻在喇叭聲聲鞭炮陣陣中翩翩去遠

一向懶懶散散臭腳烘烘的孫子
因為屢戰屢敗的戀愛
決定首先在住房上改地換天
於是傾其所有工資獎金夜以繼日四處周旋
終於在彩香新村掛上了嶄新窗簾
儘管門前道路泥濘還不曾開出一爿湯糰店
孫子卻堅信明年就要建花園
建花園奶奶說也不如從前的弄堂

彎彎轉轉熟門熟臉
新公房的隔壁人家總是關緊門
再也沒人來問長問短問冷暖
奶奶傷心得像個孩子卻不能像孩子
哭個嘹亮而燦爛
於是，默默地把一根長長的
能在世紀的腰間纏上兩圈的褲帶
剪成無數個段落——慨歎

新房子舊房子之間
新娘的肚皮急不可耐地隆起，太陽
像新煮的雞蛋似新鮮，奶奶的天卻黑下來
她去睡了，夢那嘮嘮叨叨評彈說書的往年
每頓早點都有兩隻湯糰……

孫子的兒子驚天動地出世了
上個世紀的鄰居紛紛搬遷
剪斷了褲帶的奶奶，從此沒再出門

謎

媽媽的書
是密密麻麻的方塊字
種出來的森林

女孩在森林前發呆
突然大叫「Mommy在這裡！」
她認出了媽媽的名字

把有媽媽名字的
地方都圈起來
而圈圈外面都是迷

為什麼沒有我的名字呢？
哦，那時
森林裡還沒遇見你Daddy

那麼森林裡
有沒有遇到王子？
還有小矮人和大灰狼和老狐狸？

一陣風吹來
林中撲朔，女孩揉著眼
眼裡都是謎

化不動的雪

踏著化不動的雪
我不敢抬頭
陽光白得發青，呆呆照著它
不得已愈變愈冷的心

說它是冰卻不似冰那麼光滑晶瑩
凸凹不平裡凝固著紛遝的腳印
在它柔軟的時候
不知被多少只腳踏來踏去

此刻，天空晴朗得一派肅殺
高高在上比往日離生活更遠
毫不手軟的風趁機在我臉上磨刀
不得融化之雪只得忍住哭泣

雪光之夜

夜一直黑不下來
探照燈似的明亮讓人恐慌
我不知道是雪改變了黑暗的屬性
還是天空誤讀了地上的寒霜

煞白的夜幕是一個錯誤的背景
做賊的和做愛的都不敢出門
後院失去了以往夜色下的私密性
一隻浣熊臥在角落
像去年丟失的一頂黑色禮帽
隔著玻璃門，我悄悄走近
它迅速起身，敏捷得有違孕婦體型
而它身下居然有個伴侶
默默跟隨走出院子，突然
它們同時回頭咆哮，鼻孔都噴出怒氣
嚇得我在玻璃門後
連連倒退

夜一直黑不下來

浣熊留在雪地上的爪印讓我憂心

顛倒黑白的時辰

這對黑色情侶究竟到哪裡棲身

上輯：心鏡世相

骨灰之疑

他，一直以為小木盒裡安放著他的母親
燒香，祭拜，每逢清明
天知道誰的骨灰在這個盒子裡

她，在另一木盒前燒香，祭拜，雖不在清明
活人總有可疑；死，已蓋棺定論
天知道誰的骨灰在這個盒子裡

焚屍爐比酒店客房還緊俏，火焰並非快刀
且不管逝者疼痛，反正白骨上沒有姓名
隨便抓一把，拿去吧！家屬信以為真

生前一再被誤會被誣陷被錯判，即使被平反
死後的祭奠還是被張冠李戴
唉，誰讓骨灰也失去了誠信？天知道

景物二題

魚和雲

一個跟鬥把雲翻到水中
打個挺，飛身竄入碧空
浪花的喧囂退去，才發現
依然遊在那朵雲的掌心

球與貓

貓追逐著球，喜怒有聲
球沉默著忽左忽右直至角落
卻竊喜被追逐被褻玩，不然
無心的空皮囊又能如何過活？

五種看見

之一

濃霧，比夜色更深重
我們看見的除了黑暗就是惶恐
所有燈，照不亮征程
我們必須讓盲人拉著手前進

之二

我閉上眼，滿目秦時烽火赤壁硝煙
十字軍東征鐵蹄撞上成吉思汗弓箭
我睜開眼，一隻驚蟄裡醒來的蒼蠅
蠢蠢欲動在盛滿紅燒肉的碗邊

之三

當年，你用手指在她臉上走了一遍
就斷定是你鍾情的那種好看
從此，你一路有人牽手的旅程再無黑暗
原來指尖上的洞察勝過雙眼

之四

黑暗裡的目光總是超越黑暗
緣於我們用心發現
陽光下的視線只有影子那麼長
只因打盹的心如貓慵懶

之五

因為看見繁花，我們失落了心愛的那一朵
因為看見大海，我們忘卻了飲過的那一瓢
因為看見高山，我們亂了腳下的方寸
因為太多路徑，我們背叛了上帝的指引

馬航，你去了哪裡？

馬航，你去了哪裡
風在尋你
你消失得渺無蹤跡
海在喚你
你沉寂得杳無聲息
即使鳥兒逃遁也落下一片羽毛
即使花兒香消也化身紅泥

馬航，你去了哪裡
有誰能透露你的訊息
有誰能述說你的遭遇
你離去得那麼突然
風都來不及拽住你一角衣袂
你消失得那麼離奇
海都沒有聞到你一縷氣息

馬航，你去了哪裡
你讓夜空從此不再安寧

你讓天倫破碎支離
你留給時間的等待
是撕不完的一頁頁空白的日曆
你留給世上的希望
是漆黑的深淵無望的洞底

馬航，你去了哪裡
究竟誰聽到你最後的聲音
究竟誰看到你最後的身影
縱然粉身碎骨也該有斷片殘骸
縱然燒成灰燼也該有一把塵埃
不是說人心沒有走不到的地方嗎
為什麼就走不到你去的那裡

馬航，你去了哪裡
你是星空裡最荒謬的謎團
你是人間最不堪解讀的懸疑
永遠糾結在世人的心裡
即使你在時間之外世界之外
不是說上帝的眼睛無處不在嗎
怎麼就看不到你

馬航，你去了哪裡
風在尋你
海在喚你
所有良心都燃成一簇簇燭光
希望照亮你曾經的蹤跡
連盲人也張開了眼睛
為什麼上帝卻把雙目緊閉

馬航啊，你去了哪裡

雪夜讀詩

——和洛夫先生《今日小雪》

今夜溫哥華大雪

冷是比往年冷了些

堆在院裡的柴濕了

燃不起壁爐裡的火

酒窖裡的陳釀倒是不錯

只可惜無人對酌也是個冷字

多虧洛夫小雪

拿來誦讀正好下酒

當然也可焚了取暖

又不似那柴

即使乾透

一生也就燃燒那麼一回

而詩的熱度

乃取之不盡的暖

上輯：心鏡世相

在能源日益匱乏枯竭的世界
幸好有詩
便不用擔心海枯石爛
不用發愁花木凋零礦藏淘盡
世間有詩，冷暖相知
這小雪裡有羊肉湯的滾燙
有炒臘肉的爆香

假如必要
也不啻為發電的風，燒荒的火
至於暖一壺小酒
一併暖一暖雪夜獨酌的寂冷
哪裡還在話下？

艾青故里（二首）

雨後青山

你出浴了，容顏分外沉靜
大愛無需表白
只用更深的綠意
一聲鳥鳴，飛躍釜章*
落在光的舌尖

*艾青故里釜章村

金秋

在火焰裡輝煌的
除了金子和鳳凰，就是秋了
沉澱了夏日最後的熱烈
集合起所有孩童手裡的橘紅蠟筆
為涅槃抹上濃妝

年輕在奔跑

因為奔跑，風飛了起來
帶著嗖嗖的響聲
如呼嘯著子彈

景色嘩啦啦倒走，如車窗外
閃電般退後的村落阡陌
青春的速度把過往的一路抽象成光影
拋到記憶的天花板上
留待跑不動的時候
坐下來喝著茶慢慢重播

奔跑，是青春的當口離弦的箭
沒有停頓沒有回頭，除非
斷在獵物身上

忽然疑惑，那奔跑著
突然中箭的豹子麋鹿松鼠甚至豺狼
究竟是青春的戰利品
還是青春的祭奠

年輕的腳步快得像刀，刀下
容不得思想，只留下驚魂和腳印
還有跑丟的鞋子

有時也踉蹌
那是風掛在雲上的躑躅
跌倒的姿態
一如樹幹斷在霹靂中的骨折
青春吊著繃帶依然把日子跑成大風
刮得世界坐不到椅子裡

當每一條皺紋
如猙獰的蛇，思想著如何伸展
當每一根白髮
猶霜打的枯草，渴望來年的春風
當髮廊裡不停地剪下染過的顏色
當面膜廣告取代了廣場上的紅旗

唯有奔跑的雙腳無從作弊
跳動的心臟不能化妝

因為奔跑，旗幟飛了起來
把青春招展得獵獵作響
年輕，浩蕩征途張羅風雲的方向

鐘擺

時針即將把又一年拋到時間之外
鐘擺突然停頓
怎麼就堅持不到最後一秒
這世上有多少電池在這一刻耗盡？

時間的頭，從不回首
儘管那鐘擺是為它而設
人們紛紛去赴新年的宴
有誰為停在舊年裡的時刻默哀？

平安夜

一

新式壁爐裡的火一如液晶屏上的影像
冷靜地熱烈著，那木頭永遠燒不成灰燼
Santa找不到往年的煙囪，孩子掛著的
紅色長筒襪會不會落空？

二

這個冬夜下不下雪已沒有關係
用棉花假裝聖潔，然後擺上酒與火雞
在年復一年的祝福裡總有一人缺席
我們舉杯時已忘卻杯中的意義

三

我的腳被你洗濯，我的苦痛
在你的衣袍裡被憐惜，我以為自己
從此得道，卻發現除了你赤裸的足跡
世上所有的行走都是被動的鞋履

忙紅忙綠

下輯

欲火情殤

黑魚

一尾壯碩的黑魚
在洗澡盆裡被圈養了二十八天
那個二月，窗外的風景被雪
一寸寸墊高
以致所有的想像都蒼白得沒有血色
而我恰逢初潮

囚在房間裡的寂冷圍著澡盆內壁
黑黢黢地轉悠
母親決定殺了黑魚給我補血
卻不知它已是我的寵物
我正用食指逗它，看它如海豚一樣
躍起，以尾站立
母親殺魚的話音剛落
它竟咬住了我，死死不丟
二月的憋屈趁機尖叫

當我的食指被母親炒菜的鐵鏟

從魚嘴裡救出

窗外的景色茫茫然只剩大致的輪廓

而細節，則在我那根

綻開了七八個小口的指頭上

默默吐血

下輯：欲火情殤

在太陽的腰上繫好褲帶

一個古老遊戲令屋頂旋轉
梨花紛紛
世界如初生
雲雨裡風也走神兒
且在太陽的腰上繫好褲帶

我被用來標榜創造
聖母瑪利亞
端坐牆上，看女孩在地獄和天堂
默默轉過臉
兩個高大乳房擋住了視線

我決定穿越母親
那晚的床成為父親的證明

三月，燕歸來

風追著燕尾我追著風
楊柳一如既往等在三月的雨中
燕子一路剪開的雲忽淡忽濃
柳樹下人已是煙花裡的夢

今春的燕子
照舊穿著兒歌裡的花衣
唱歌的人
卻回不到燕子的春天裡

江南的歌謠坐在溫哥華海岸
放飛三月裡回家的春燕
我的心被潮水浸染成故鄉的水墨
懸掛在沒有歸途的天邊

下輯：欲火情殤

黑傘

清明，撐起一把黑傘
躲雨的依偎已抽象成一幅無題的沉默

努力出一時的堅強以支撐終生的怯懦
夢想有人欣賞我的三點式
初春依然凍手
如今的四月
已不像往年慷慨伸出一片溫柔
冬天的故事仍喋喋不休
我伏在想像的肩頭任遙遠的目光遍體撫摸
一把孤獨的道具被寂寞
用到老舊

看星星

你的眼角掛不住我的淚，我的星空
卻掛著你的眼睛。自從那部
黑白片散場人流中，你鬆開了我的手
我就總是躲在夢裡看星星

茶涼了

我的茶，一次次涼了

一抹朝霞在水中，清淡了
春天的風在杯底，寂靜了
你沒來

八月的桂花
暗戀一把空椅翩翩而至
蜜蜂紛紛圍著虛位打轉
你沒來

槭葉把最後的
激情慷慨鋪陳到大地
圍巾把日漸淒涼的風纏在脖頸
你沒來

一杯茶，從滾燙喝到冰涼
我想再沖一泡
水是燙的，茶已無味

只有陳年的香氣和不更事的蜜蜂
不諳時節地轉來轉去

下輯：欲火情殤

一縷夜風

把風擠在門縫裡
她側著扁扁的身子像蒲松齡手裡的
一縷鬼魂
悄無聲息地鑽進臥室爬到床上來
我縮了一下自己，在與他之間騰出一點空
讓她躺下，然後我們
很舒服地被魂離間著，昏昏然睡去
只有她醒著
暗自與窗簾調情

你是我的虛構

沒有你，我就是一棟空置的房屋
門已成虛擬，開也好關也罷
皆無意義，反正無關進出
夜深時，牆壁的剝落聲蓋過風雨呼嘯

這間房屋也曾熱鬧過，有過笑語有過呻吟
幸福眩暈的一刻，非人前的歡愉
而是髮絲般纖細的呻吟撐著你
一浪高過一浪的雄風
我的房屋在你的雄風浩蕩中無限延伸
延伸到連著天際的草原
羊群在我的山巒縱情奔跑
你，是我的牧羊人

沒有你的房屋，蜘蛛網羅天下
雜草封鎖窗門。我在封鎖裡虛構火焰
和火焰裡的羊群，和前世在今生裡的狂奔
你，是我的縱火者

月光蒼涼

今晚，月光蒼涼，如水如霜

但無關浪漫

很久以來你也不看她一眼

就像很久不看我的臉，無所謂陰晴無所謂圓缺

在睡衣和裸體之間，舉棋不定

我厭倦了這樣的不知所措

明知兩隻乳房早已是你摘下的

兩顆過度充盈的果實，被棄置牆角日漸枯萎

我的心，卻時時洶湧著漲潮的海水

不肯退去……

誰置頂了我的船倒立在滔天浪尖

我的槳，卻在萍水相逢處沉淪

曾幾何時，你藉助月光閱讀我的眼

我被你讀得有點熱有點疼

以至被讀出兩串長淚

許多年來，我做了自己熱淚裡的水手

你對此一無所知
今晚，我把自己放逐為一條河流
渴望你和你以外任何的你，縱情暢遊

你在我澎湃的心潮之外，
只管從鼻子裡噴出酒氣
只管肆無忌憚地放屁，只管背過身去
你讓我在你身邊比在荒原還要寂寞
畢竟在荒原上我還可以盼望你
你啊，何必要把我誘出荒原棄於燈火闌珊處

一對並列的枕頭
沉默不語，被兩個重量不等的腦袋
壓出深淺不一的凹陷，
你我在各自的凹陷裡日復一日
然後進入習以為常的黑暗，你全然不知
我在你的黑暗裡私奔
和初識的你，和想像的你，和與你為敵的你

今晚，月光蒼涼，如水如霜

再不要打聽你的地址
——致亡友

我懷疑你的離去是一個逃避
為何不給我地址？
許多信無法投遞，讓我恨你
一次次路過我們一起吃面的館子
夥計還是那兩個夥計，我卻不敢進去

曾碰到你的朋友，他們說你還不錯
有份臨時工作，只是暫且居無定所
某天，突然有電話催我去看你
……而你，在石碑下不語
我讓火，一把將所有的信統統捎給你

從此，再不要打聽你的地址
再不要關心另一座城在下雪還是下雨
我有一堆火燒眉毛的現實，我的心分不起
偶爾夢裡，與你對坐在那家麵館
卻沒有夥計也沒有面

我又哭又笑，看不見窗外的天

我連一縷煙都不是

忘記哪天起，電視機在角落裡總是黑著臉
灰塵蒙住了搶劫、槍殺、失聯的航班
和新聞裡舊事重提的血案
還有，青春期與更年期各自的豔遇
你有可能在裡面出沒，我相信
在電視裡的你肯定比手機裡的你正兒八經
我不想碰到正兒八經的你

不再看電視了，卻並未把遙控器鎖進抽屜
似不經意也似故意，或為著
保留一些可能，可能的不期而遇
女兒滿月時就發現了遙控器
和另外一個世界的聯繫……轉眼
我的流血事件將要結案，帳單依然如期而至
我被這兩宗莫名的案子擠出許多皺紋，狠狠心

打去一個終止的電話，竟未說出終止

再次割捨了一瓶除皺霜的付款
月費是一個預定的圈套，我沉淪在圈套裡
為一個虛空按時支出，還擔心遲繳敗壞信譽
為什麼我從不背叛你，卻一再背叛自己？
每付一次月費就如咳出一口濃痰
醫生的化痰藥水化不去心頭的粘稠
我在粘稠裡不能自拔

我想從我的身體裡走出去，卻動彈不得
於是從眼眶裡伸出手，遙控器
就等在附近，像一個蓄謀已久的詭計
居然還儲存著電能去打開你！我打開了
你容顏裡的褶皺，每一個褶皺裡都浩蕩著
年少的春風。我看著你並不看著我的臉
正徐徐追憶那春風裡的往事......我哭了

在你的往事裡
　　　　　我連一縷煙都不是

沉淪

把衣帽丟到詞語的岸上
遁入詩行的空隙
潮水即刻淹沒半身
誰也不能總是衣冠楚楚，讓我沉淪片刻
讓諸多道德卸下面具共赴一場魚水之歡
墮欲海翻雲覆雨，聞洪荒猿聲烏啼
把自己流放到遠古看看天荒地老的模樣
在現實主義以外忘乎所以

電話鈴突襲似警笛嘶吼
這一刻的沉淪
究竟是上帝還是魔鬼鬆了一下手

女兒

握著世界的手愴然迷惘我從哪裡來

你，在宇宙的哪一個角落

燃著山頂洞的篝火俯視我的孤獨

心靈空曠如漠誰來種上一片紅高粱

舉著猿猴點亮的火炬，血在衝鋒

雙腿伸張為巨大的人字撐起天地之蒼茫

你高高揚起的熱望沸騰我奔流如河

淹沒所有道路汪洋一片蕩漾你

如歌如夢如初生嬰兒陶醉於乳房的溫柔

我已迷失歸途

驀然發現母親緘口不語的那個深淵

十字架沉默著愛的矜持

矜持得很累很累其實所有女人的骨子裡

都蓄積著風暴起碼一生該為一個人

修道院的鐘聲無奈生命的瘋狂

為你，我把自己的祕密開放

惡之花燦爛地獄也燦爛天堂

歲月暗淡了母親的風景

往日的傷口依然明亮
恐怖的夜路蜿蜒摸索在女兒的心上不肯回首

是誰注視著撕裂中誕生的輝煌
是誰血跡斑斑微笑著
你啊，別背過身去別淒涼了我的渴望

水瓶

——寫給自己的生日

盡管給不了富足的食物和營養，母親
還是用心，用積攢了一年的雞蛋
把我做成一只玲瓏的水瓶
從瓶口到瓶底，不少瑕疵，但無論如何
還算完整，足以插一兩枝花，存一汪清水
也足以放在窗臺做一個不奢華的擺設

如此，我在一些眼裡也曾經好看過
可惜以後的歲月不止一次碎了我
碎在愛情、碎在相思、碎在嫉恨、碎在病痛
碎在日子裡的一個個坎坎坷坷

猶如一條頭尾斷裂卻能再生的小蟲
我把碎片一一撿回來，仔細拼接、還原
依然是一只水瓶，不過多了無數裂痕
倒像古瓷的開片——那是沉靜下來的火
不再適合插花，存水
也不再適合做任何一處的擺設

一次次碎裂的疼，集合到生日燃成燭火
生活最近又一次失手的打碎
在零星的祝福聲中，正慢慢癒合
——而這，令我暗自慶賀

禪的容顏

你在最炎熱時節把自己打開
讓一池煩惱安靜下來
我曾疑惑你是立在水面的雲彩
不過雲沒有心，只是給有心事的人看
你不是，你綻放
是因為有許多未了的情懷

雨來了，落在你花瓣上的聲音
比祖母的淚滾過我的臉頰更驚心
那碗滾燙的蓮子羹
在你舊年的花容
一瓣瓣跟著流水去了之後
澈底冷了。殊不知你的苦心
在另一個酷暑裡重新開出暗香清新

其實，你從來都不曾離去

晚風來了，皺了一池月色

你微笑的素顏一如既往的平和
於眾荷的喧嘩中兀自獨立
你的出身讓清白成為傳奇中的驚歎
連議論卑賤都變得卑賤
我只想問：你打開的是不是禪的容顏啊

怎麼就不像一些花朵那樣妖嬈
仰著臉在遊客的鏡頭裡賣笑
怎麼也不似另一些花朵那樣渴望憐香
難道這世上原本沒有誰可以安慰誰
也沒有誰可以救贖誰
就那麼悠悠地打開自己
讓所有的心事默默地結成果實

那些果實啊，又將是誰端到誰面前的
一碗蓮子羹

請不要跟我說──永別

──為喻麗清*而作

親愛的朋友

所有愛我的和我摯愛著的你

請不要跟我說──永別

我不想小溪流出嗚咽

更不要眼淚注入我的旅行杯

我呀，只是在地上走得有點累

想起了上帝曾經賦予

另一種行走方式

我決定去嘗試一下怎樣才算飛

此刻，酷暑正在消退

我只是在酷暑裡瘦成了一縷風

其實，我有太多太多的眷戀啊

就像樹上飄落的秋葉

離開了自己的身體還要去親吻大地

即使腐爛成泥也不肯離開這世界

我只是嫌棄自己

活得拖拖拉拉，不免羞愧
才想拋開一切去飛一飛
所以啊，請不要把眼淚注入我的旅行杯
讓我身輕如燕以便遠行
別擔心我的孤獨
我會在寂寞裡刺繡雲朵和羽翼

假如來年，你看到蝴蝶停在門窗
我便在那蝴蝶的翅膀上

*喻麗清，華文散文家，成名於臺灣，著作逾60本。2017年8月2日病逝於
　北加州。

下輯：欲火情殤

拉著你溫軟的手
──悼燈光秀*遇難女生

我拉著你溫軟的手
一起去看燈
跨年的夜晚啊
不知如何安放的青春
拉著愛情的手
一起去看燈

你我在這寒冬的陽光裡
有一點點清冷
彼此的體溫不足以暖遍周身
於是，我拉著你溫軟的手
一起去看燃燒的燈

你我在這都市的喧鬧中
有一點點寂寞
彼此的依偎不足以圓滿虛空
於是，我拉著你溫軟的手
一起去看繽紛的燈

你　　在我手心裡出汗
我　　在人海裡
緊緊攢著你的汗
卻失落了你的手
失落了我生命的紅顏

滿心想與你燦爛在新歲裡
怎料令你葬身於做秀的光明
原來光明啊
也可以是死亡的召喚

是誰把鳥兒變成了飛蛾
是誰把玉體踐踏得血肉模糊
就這樣眼睜睜看著
你被踩成碎葉啊
任你更新的大笑變成遺照

去哪裡拉回你溫軟的手
一起回家啊

* 2014年12月31日23時35分許，上海外灘跨年燈光秀發生人群踩踏事件。

下輯：欲火情殤

立秋

剛剛在夏至裡讀懂熱烈
立秋就佔據了日曆
仿若一位不速之客的不期而至，儘管時間
的確又到了她的時候
雖然還沒一片葉子改變臉色
也沒有一朵雲用雪白以外的貞操預告
秋只管按照自己的預產期
於熱浪的每一個縫隙裡猝不及防地臨盆
而火焰並不甘心

所謂的冷靜不過是許多節骨眼上的變節
而我與萬物全然未來得及勘查撤退的路徑
西瓜的紅瓤還鮮豔在唇邊
儘管夏蟬並不在現實的枝椏裡鳴叫
（我一直想問，卻一再忘記諮詢移民局
這北美的樹上為何不棲息家鄉的知了）
卻在記憶的耳膜上把大地叫得煞白
蟬鳴的鼓噪聲裡

那柏油馬路曾經像婦人之心患得患失
竟黏住我一隻海棉人字拖
令我至今的行走常常失衡常常心有餘悸

立秋，卻並不能拯救這一切
只是在重現過往的景色裡讓我再度失去
一個人啊，遠不如一棵樹
可以活上千百年
甚至不及一棵草，春風吹又生
我的容顏在又一次立秋之後愈來愈熟練地
以樹皮的方式疊加過去
一個柏油路上的夏天
一只海綿拖鞋，一根赤豆冰棒

那即溶的甜，在立秋的門外來不及被吮吸
正順著脖子流淌

秋雨

秋雨行至昨夜
徹底放棄了抒情的纏綿
兵荒馬亂地穿過黑暗中的城和城裡的夢
我的，在大大小小的水坑裡簸顛

早晨的眼睛被眼藥水點醒
穿過窗子的百葉，穿過橡樹的落髮
也追蹤不到南飛的羽翼
秋雨跑過的街市
如曲終人散的戲台，留下蕭瑟、淒清、和
加厚的衣服裹不住的冷
撕掉了半張臉的海報，躺在
路邊的水窪裡
美人另一半笑容不知被誰勾引或遺棄

如此，傷感成為這一季的索引
思念順勢而來
但我的心緣何被騰空？連思念都未被挽留

我想不起來任何一個你

定然是所有的你在你所有的空間裡

已把我刪除乾淨

我深知你，跟夏天一樣，都不是我能留住的

所有的熱烈連煙灰都沒留下

而這一季號稱果實累累

尚未收起的遮陽傘是我故意拖延的夏天

大雨滂沱之後的日子便如死水微瀾

時斷時續，順著傘角滴答，滴答

我看到流淚的另一種戚然

肖像

我的床頭掛著一幅少女肖像
是她本人拒絕的面孔，畫家在她八歲那年
用想像虛構了她另外八年

說是油畫，色彩卻極簡到中國水墨
那多出來的墨
也早已把畫布以外的日子暈染得
深深淺淺無一寸留白
此刻，少女正切開十六歲的蛋糕
一頭黑髮比畫裡的長
一臉長大比畫裡的瘦
如今的生日蠟燭短得不夠許願
她正對著明天學校的考試
和一場國際鋼琴賽發愁時間不夠

多想白天是一架手風琴可以拉長
卻一再借用燈光虛擬陽光
畫家遺漏的青春痘

一早集合到少女的臉頰，緊緊張張

如雨點催促在窗上的節奏

而我已掏出自己生命裡整整的十六年

安放在她身上，怎麼還尖叫著

來不及，來不及

直把時間叫出咄咄逼人的顴骨

而我身體的坍方裡埋了一堆乳牙

誰偷吃了肖像臉頰上的紅蘋果

一條蛇在畫家的想像之外，纏住歲月的脖子

連青春也不放過

後記：友人Leonard R.在小女Michelle八歲時作畫相贈，畫中人
　　　為畫家想像的Michelle十六歲的模樣。自女兒十六歲生日
　　　以來，看她與畫中人相同又不同，頗感懷，題詩為記。

致男人

你總是
把即將奪眶的苦痛和憤懣
咽下去，釀製烈酒或燒成火焰

而我情願你淚雨滂沱
傾瀉在我起伏的山巒

風景

是風景的女人渴望風景
卻把所有的目光拒絕於風景之外
便有山洞
不曾留下足跡

超越一切誘惑找不到知音
萬種風情折成一把扇子遺落沙漠
一串駝鈴搖盪成耳環
各種眼神錯落在夢裡

當最後一位情人悄然走過
她的睫毛
綠草一樣生長
眼淚永遠掛在天空

機場

我肯定，這裡的別離一定多過相聚
揮手互道再見的人們未必再見
我恨這裡，我也愛這裡，畢竟
遙遠的親人不再遙遠，因為
有這樣一個地方出發
有這樣一個地方到達

千山萬水，萬水千山
不過是在機艙裡就著一袋花生米
看幾部平時無暇光顧的電影
或者補一補日常虧欠的睡眠
那水那山便在一場夢境裡跨越

你儘管在黃浦江邊訂一個晚餐
我會趕來赴約，空中不會交通堵塞
可沒準兒被堵在與你相隔一兩條馬路的
紅綠燈路口，但你不必讓牛排烤過頭
只要讓醃篤鮮多燉一會兒

不然你就直接訂一個臺北的早茶
有新鮮的豆漿油條就好
只是你要原諒
我來不及畫一個精緻的晨妝
此刻，我先送你過安檢吧
隔著一道玻璃門，看著你安全過關的背影
暗暗祈禱一路平安

忽然，心恍若被吊起來懸空
是不是人世間所有的祈禱都暗藏憂慮
隔著這道安檢門
會不會就此相隔天地？

舊書之憶

這些書蹲在集裝箱裡漂洋過海
被我從一個地下室轉移到另一個地下室
像反法西斯電影裡的地下遊擊隊
我一直找不到適當的機會讓它們見識一下
北美的陽光如何像本地女人的大腿
直截了當，不在長裙裡深藏

夏日在玻璃上喧嘩它的耀眼
我在耀眼之下一片蒼白，只聽到一些過去
在舊書堆裡窸窸窣窣
我俯首黴味親吻往事歷經時間的齒痕
隨手翻開一頁翻到和你曾經的雨季
享受那場任性的暴雨就如享受在你面前縱情嚎啕
你用胸脯烘乾我濕透的衣衫、淚眼，還有其他
然後我們坐在窗臺上
看彩虹跨越嚎啕之後的天空

轉眼間，你我

仰望的天空就成了地下室的儲藏

那樣的黴味兒，只有捱過雨季的人才能心領神會

如今北美的陽光裡我總是備一把傘

現在的身心再也經不起雨淋

那面胸膛早已是荒蕪中一塊冰涼的石碑

儘管溫哥華的火爐很暖

許多的記憶卻在書頁裡變成綠色的斑點

可有某一天

那些舊書和我一起被誰翻出來曬一曬啊

此刻，陽光一臉無知地趴在天窗

十八歲那年的路燈下

十八歲那年
我和芳芳在大學的路燈下
談心，談我們的心兒把握不住的愛情
我們的花裙子在晚風裡開屏

我們一點沒在乎路人的側目
反正我們的方言他們也聽不懂
反正熄燈的宿舍裡所有正在打呼的男生
都不是我們談論的對象
因為我們想像著遠在雲彩上的王子，有可能
突然在某一個早晨和我們邂逅在雨中
於是，我們抓住對方的手雀躍
顧不得在廣大來自中原土地的農民子弟眼裡
被懷疑是間諜被當作壞女人
我們皆因美麗的母親，從上海
被發配到黃河岸邊而體驗了古老的中華文明
青春渾然不知福禍
那路燈昏黃的光在許多個夜晚
被我們當做和煦的暖陽裹著我們初開的情竇

那時的我們只知道心會跳得很快
不知道心也會跳得很疼
沒人知道許多年來，我一直捂著隱隱作痛的心
不敢尋找芳芳不敢再回想那盞路燈

在路上

雲走在天上，雨知道它疲憊的時候
風走在樹上，落葉明瞭它困頓的瞬間
我走在路上，誰能告訴我還有多長的旅程
遠在遠方以外的親人啊，其實離我並不太遠

迷迭香的街

迷迭香，把街道
鑲成藍紫色的裙裾
風一吹，整條街就飄逸起來

自古以來裙子吸引著風
但是摩登少女把裙子讓給了迷迭香
她們自信光潔的長腿比長裙在風裡更撩人
鼓脹的荷爾蒙急待一場肉搏
（短兵相接），她們以為邂逅了愛情
街上的故事總是語焉不詳的傳聞
真實的情況是
年輕母親充盈著新鮮乳汁的胸脯
隨時被混血的嬰兒呼之欲出
至於嬰兒的父親
不是這條街的關注點

遮陽傘下，一群女人
如聚在同一枝頭的麻雀

復活著雷諾阿畫布上的派對
侍者送上新鮮出爐的麵包
畫布立刻散發出松果香味和海洋露氣
這條從她們祖母皺紋裡延伸出來的小街
在她們的皺紋裡繼續延伸
而在畫布的後面
一個葬禮正在進行當中
有人把迷迭香丟給黑色棺木裡的亡靈
我看到了藍紫色的另一種浪漫

在黑白兩極之間
哪一段是天堂遺落到市井裡的顏色？
我不過是那段遺落裡的迷失
每況愈下的荷爾蒙
已不足以遭遇愛情，（即使狹路相逢）
我的裙子已盡失曖昧的細節
我甚至不屬於遮陽傘下那群女人之一

暫且獨坐在陰影裡
思念雨季裡親切的黴味兒
和巷子深處一把木柄黑傘
我痛恨自己怎麼會流落到這迷迭香的街裡
一方面與這街上的青春和皺紋為敵

一方面卻不知不覺從眼影開始
一點點變成藍紫色

術後

麻藥退去。疼，嗆在眼裡
剛剛縫合的刀口，經不起笑和哭泣
當一個人的力氣只能順著眼角緩緩流出
火焰便失去了怒氣

你把我的痛輕輕抱起，放到床上
然後守候一旁，你的腦袋耷拉到自己肩膀
如一只歸圈的老綿羊
疼，在你的疲倦裡失去尖銳

夕陽斜斜地穿過窗子
日子軟綿綿地躺下順從在刀口上

荒涼

葉落草黃
這沒什麼好擔憂，無非春去秋來
年年歲歲的周而復始

如果發白了呢，凋謝從頭開始
這也沒什麼好緊張，無非人老珠黃
誰也逃不脫的暮年

如果，我的幽暗處那片迷你三角洲
不再蔥鬱而如燒荒之後呢
我便說不出無非

如此秋色只能深藏
那是一種難以啟齒的荒涼

夏至

讓我獨自佔領一張大床
想像一份安撫
在風的指尖鎮靜我的癢
以掠過虛空的清涼，以來自遠古的滄桑
在這溫度驟升的時節
最好恬淡獨處
兩條不規則的白年糕
像從變了形的舊模具裡磕出來的肉身
不能再糾結廝纏
我已遠離北回歸線
在太陽直射前舔乾內傷的滲血和汗漬
此刻，寂靜掛在耳朵兩旁
早知這樣多好，多出一片寬廣

讓我獨自佔領一張大床
想像對峙的兩軍全線撤離廣場
讓欲望躺下
如躺倒在落葉上疲憊而癱軟的風

血流正在減速

序曲可以舒緩得像第二樂章

在這個沒有同夥也沒有敵手的戰場

讓我肆意翻身

把花朵的開合朝向任何一個方向

四周是如此的空曠

任蜷縮了太久的肢體盡情舒展

夜色在額頭上站成峭壁

星星紛紛滑落

於千瘡百孔的體內一盞盞點亮

我在黑暗裡成為自己的光，並打開囚牢

釋放萬千燈籠

浩浩蕩蕩，行進在夏至的夜空

黑暗因此提前退場

我聽到月亮

劃過的樂聲，和自己身下的水流淙淙

我

我是冬日兩朵雲邂逅的偶然
我是荒原兩團火燒成一團的瘋狂
我是種子被風吹落到大地長出的一個意外
我，終究是要回到泥土的一粒塵埃

我深入到地下支撐伸進雲端的思想
我在夜裡放飛靈魂把黑暗掃蕩
醒來，一如母雞依舊圈在後院
有把穀粒撒落就撲楞起翅膀

我的左手摸索著聖經裡耶穌的腳印
我的右手計算著每疊小菜的蠅頭小利
在前門種滿鮮花期待盈利於笑容可掬
在後門把眼淚拌到剩菜裡一道清理

我厭惡萬千風情只是詩行裡流出的口水
我痛恨夢裡的看見睜不開雙眼
我的身體裡總有一個自己鄙視另一個自己
我不是雷電，只是霹靂擊碎的一聲歎息

我在詩

當疼痛必須粉碎在牙齒裡也不能吐出
當眼淚只能流到夜的最深處獨自風乾
當鮮血不得不摁進傷口無以包紮
當呼喚啊，長跪在母親面前而不得應答

當謊言開成花朵我卻不能說它有毒
當真理囚在牢籠我竟被迫成為獄卒
當親愛的近在咫尺我不能伸手相擁啊
當腳步停不住，卻找不到一條回家的路

我，只能在詩

忙紅忙綠

附錄

附錄一：海內外名人方家點評

（以姓氏筆劃為序）

休休（宇秀）詩作多悲愴，感懷，詩意濃。其想像力豐富，意象張力甚強，比起很多臺灣和大陸詩人之水準高出很多。她的《我忙著綠花菜的綠西紅柿的紅》，寫得生動妙喻。詩人將生活瑣事與萬物生命的盛衰，以兩種蔬果交錯呈現光陰之掠逝，用簡潔的文句，卻能精闢從人，事，物，以及時空的牽引，嘯歎對歲月浮飄的情愫，令人驚回不已。

——方明（臺灣詩人，《兩岸詩》社長）

我不懂詩，但我想我能感覺到宇秀詩中那些真實的東西，無論是親情的袒露、禪味的感悟，還是日常的無奈，都讓我看到了我不能直接看到的她。這樣的詩心，詩情，詩景，最起碼打動了我。

——呂偉民（外國文學研究專家、鄭州大學教授）

宇秀的詩具有鮮明的語言特色，狀若輕描淡寫中，背後卻有濃鬱的感情在。不徐不疾的節奏裡，透露了對人間世的無盡牽掛。《我忙著綠花菜的綠西紅柿的紅》以忙碌的生活瑣事始，以惦記母親終，那是一種極為優秀的述說技法。令人讀之難忘。

　　　　　　　　　——秀實（詩人，香港詩歌協會會長）

　　愛讀宇秀的詩。像喝了口醬香型茅臺的感覺，醇，透沏，烈，有餘味。詩要寫出情緒烈度，寫出美感，寫出境界，而不是寫十幾個字趕緊另起一行。

　　宇秀的詩找到了一種自己的情緒方式和不同於以往的文化姿態，這一點很吸引眼球。時代是詩的背景音樂；時代是詩的底色……場景變了，詩的表情、動作也要跟著變，變化了的樣子，才有可能與整體效果協調。宇秀詩以全新的文化姿態出現在時代的舞台上，她的詩正在開啟一種新的風氣，希望能意識到這一點。

　　　　　　　　　　——林楠（加拿大華文文學評論家）

　　被休休（宇秀）的詩作打動，其信手拈來的素材每每能夠隨心所欲地在她筆下發揮，直指生命的痛處卻也帶來盼望。如《我忙著綠花菜的綠西紅柿的紅》、《水瓶》、《月光滄

涼》、《雨中疾馳》等等。流水如歌的文字底蘊透過獨有的白
描技巧纏纏繞繞，落在愛詩者的心靈深處，卻又輾轉如春蠶吐
絲，化蛹為蝶，載著意象的翅膀，在眼前翩翩起舞，時而轉
折，時而與靈魂對決作難，柳暗花明，絕處逢生，萬鈞筆觸繞
指柔。以針的微痛和線的縫合織就成一幅心靈錦圖，反射出生
命的質感與無常，卻也還原了詩人美麗意象的詩意人生。我喜
歡休休的詩作，喜歡到想要背誦幾首留作紀念，如《水瓶─寫
給自己的生日》、《夏至》、《雨聲》、《媽媽》、《迷迭香
的街》……篇篇靈動，韻律天成。我也喜愛她為每一首詩的命
題，只因為每一首詩的命題都呈現出多邊多角的想像空間。為
休休此書的美好發揮鼓掌致賀！建議大家人手一冊，共享詩意
盎然的唯美世界。

　　──胡為美（作家，美國北加州華人作家協會前會長）

　　讀宇秀的《雪夜讀詩─和洛夫先生〈今日小雪〉》與《五
種看見》，斷定詩人的不凡功底與人格。她以雪讀雪，以雪讀
人，以雪讀詩。認真，清澈，唯美。正如她寫到：「你用手指
在她臉上走了一遍／就斷定是你鍾情的那種好看。」
　　她霸氣，靈秀，並高貴地活出自我的詩性。

　　──度母洛妃（香港詩人，《華星詩談》主編）

宇秀是一個清醒而明智的多面手寫作者。作為旅加新移民女性詩人，由於空間位移帶來的生命遷徙、文化遷徙和心理遷徙，為宇秀提供了豐富而獨有的經驗元素，並因此架構起詩人隱秘的精神空間—在承載中濃縮著詩人的精神世界，包括記憶、想像、懷舊、認同，同時傳達了個體的生命感、依附感和歸屬感。這種由詩人心靈密碼而構建的詩性空間，把一代人內心深處隱含的真實情感（緒）呈現出來，其能量源於初心，真實可感。難得的是，在面對現實、歷史、命運和生存等命題時，她能夠表現出飽含著疼痛的詩學思考。一方面，善於為細微事物進行經驗提純，憑藉對生活的洞察力，以細膩幽深的語調逡巡於具體可感的人情世態中，見微知著般地揭示常人習焉不察的細節，在跨界書寫中體現出詩人對生存境遇的一種詩性觀照；另一方面，她能動地將原鄉文化與異域風情的雙重糾葛，現代文明與城市景觀的價值齟齬，融入自身的生命感悟，且彰顯出流散體驗與情感投射的交錯疊合，從而擴大了文本的空間含量。疼痛，在某種意義上，就是一種憂患意識，是對生命乃至對人類和家國的關懷，是一種悲憫情懷。可以說，以上兩點恰恰是詩人作品的閃光點。

　　　　　　　　　　——莊偉傑（旅澳詩人作家、評論家）

155
附錄

宇秀對生活具有特殊的敏感，善於在十分普通的生活空間發現、捕捉詩意，並將它們演繹成耐人品讀的詩行。這使得她的作品既有人們熟悉的生活原味，又有著不一般的美學素質、獨特視角、可貴靈性與女性細膩的情懷。

——章繼光（旅加中國文學研究專家、湘潭大學、五邑大學教授）

宇秀的詩在當下華語詩歌中可謂一流上乘品質好詩！極有想像力與生活生命哲思內涵，風格個性鮮明；海外華人的生活情致，富有自主性的女性思考，現代詩妙不可言的隱喻，在在呈現。字裡行間所流露的詩人的不悔，皆在詩與人生的吊詭裡！宇秀詩的出現，乃漢詩界大幸也！

——程國君（陝西師範大學世界華文文學研究中心主任，教授）

宇秀的詩，在東西方文化交融與碰撞所衍生的獨特語境下，寫得開合有度，視聽兼修，有態度，也有擔當；宇秀的詩，雲裡藏月，棉裡包針，妙曼而不失深沉，雋秀裡卻見銳利。讀宇秀的詩，等同於到詩人靈魂深處的一次暢遊。

——楊宗澤（詩人，翻譯家）

「你在最炎熱時節把自己打開／讓一池煩惱安靜下來」

這是70歲的我入夏讀過後立刻安靜下來的句子。

或許這也是詩人宇秀神奇的地方。在這個燥熱而充滿物欲的世界，誰還會去懷念少年時吵架的事？宇秀會。從第一次讀伊工整抄寫在方格稿紙上貼8分錢郵票寄來的保留少女純真與無忌的詩句，到如今隔萬裡時空瞬間可以打開的e-mail，字裡行間，宇秀依然是那座廢都鐵塔下頑強保存著民國建築風貌校園裡的學子，她身上有著蕭紅張愛玲和林徽因的影子；又分明倔強地彰顯著我習慣稱謂「秀」的那個女孩兒的高貴而平和的小宇宙。

——趙中森（作家，資深文學編輯）

加拿大女詩人宇秀的短詩，具深入縝密的穿透力，在表現海外女性移民的生存狀態與心理活動方面，筆力特別酣暢。我一直提倡，海外寫手須寫出「不在海外浸泡多年就決然寫不出」的作品，不然就無法和旅遊者的蜻蜓點水式，未出國門著的隔岸觀火式，隱居土豪的居高臨下式拉開距離。宇秀的詩大大滿足了我這一不算奢侈但實行不易的期望。

——劉荒田（散文家、詩人）

倘若將餘秀華比作「醜醜的怨婦」，我願將宇秀比作「美美的怨婦」。一個「怨」字，在宇秀那裡，可抽象出很多話題。我有種預感，倘若「醜醜的怨婦」是以火速爆紅的方式燃爆讀者，這位「美美的怨婦」或將以持續的魅力贏得讀者。宇秀的詩更加雋永耐讀，更有思想銳度，她把生命糅進了詩裡。

——劉巽達（文藝批評家，《上海采風》雜誌名譽主編）

推薦大家讀讀宇秀的詩，小巧玲瓏，直視人心，不見得比古詩詞差勁。

宇秀的詩第一是獨特，旗出一幟，無前人可供拷貝。第二，細微輕靈，用詩歌撥動人的心弦。第三，用家常話說瑣碎事，引導讀者去拼圖。非常了不起！

——融融（美國華文女作家）

附錄二：評論

詩應向陌生表現進發

向明

　　旅居加拿大多年的滬藉女作家詩人宇秀，在她的一本將在大陸問世的新詩集《我不能握住風》快接近完成出版時，另一本同臺灣出版方簽約的詩集《忙紅忙綠》也在緊鑼密鼓當中。她突來電希我這老方外人也能為其詩集寫幾句話：點評或推薦語都可。我感到非常突兀也覺得極大的榮幸，此值我白內障手術後的康復期，我還是抓緊時間寫了這些文字，權當作對她和她的新詩集的祝福吧。

　　我會認識這位成名已久的女詩人，是在她為她的恩師洛夫過世而專程來台奔喪而相識，同時讀到她的一些詩。記得我在讀過她的《我在封鎖裡虛構火焰》的十首愛情詩時，我曾不由自主的在微信中對她說：「遲讀大作，眼睛一亮，想不到的驚喜，怪不得會得到詩魔的青睞。」我之會這樣喜不自勝的恭維她，實在是我終於找到一個詩人會使當今的詩去腐沉清，使詩新鮮化、趣味化，沒有陳腔濫調的詩的新面目陳現。簡而言

之，就是要使詩的出現既會使人感到陌生，但仍很熟悉，仍然會受到感動，只是代言的意象可能會使讀的人大感意外。即以《你是我的虛構》這首詩而言，詩中的「你」顯然就是「愛」的代稱，如果沒有你，也就是沒有愛，「我就是一棟空置的房屋，門已成虛擬，開也好關也罷」，這種物我交替比擬，誇飾的修辭技巧，是使詩的表現含蓄而不晦澀，容易意會而富情趣的。這種技巧，當年的瘂弦和洛夫的詩都常有此演出。瘂弦在《深淵》一詩中曾有「燒夷彈將大街舉了起來猶如一把扇子」，只不過是形容燒夷彈燃燒起來時毀滅威力的更誇張寫法罷了。在從前這種技巧稱之為「超現實主義」，大家感到這種表現很少見，讀起來便覺晦澀難解了。其實文學表現「陌生化」是現時一股勢不可擋的潮流，被陳腐守舊一直因襲複製的舊把戲早該退位了。所以宇秀的詩大家都覺得很新鮮是有一定的道理的。

　　我發給她以上文字後，她回覆我說：「您這段文字讓我想起有一次和洛老一起參加一個詩歌活動的情形，他當時對臺上激情昂揚卻毫無新意的詩歌朗誦很是忍耐不住，就跟坐在他身邊的我說：都是陳腔濫調。他一連嘟嚷了好幾遍。我就說，那我叫主持人壓縮一下朗誦時間。洛老如被解圍似的地連連點頭說好好，快去！洛老曾講過詩歌語言需要陌生化。瘂弦公也跟我說過一個詩人應該創造自己的句式。您這篇文章好像是跟他們倆位商量過的啊。」

　　可見我們都沒看走眼所見略同。雖然我不是《創世紀》的

一份子，但我和洛夫、瘂弦之間的關係和對詩的觀點可說是一個鼻孔出氣。就像他洛夫聽那種裝模作樣的朗誦詩的反應，我們常常是一致的走人以抗議。宇秀在微信裡又告知，她選了四行小詩《雨聲》作為手頭正在編輯的新詩集《忙紅忙綠》的首篇，便是因了我給予的鼓勵。我對她這四行短詩頗有印象，記得微信裡讀到，我即回覆她：「雨聲寫得有洛味，到底是名師出高徒。」

　　宇秀問我可否將我這些文字作為詩集代序，實不敢當，我想還是作為我的一點讀後感和對她和詩的一份祝福為好。

　　　　　　　　　　　　　　　　2018.07.24　於臺北

*向明：臺灣著名現代詩詩人，曾任《藍星詩刊》主編，素有「詩壇儒者」之稱。

附錄三：評論

忙碌在紅綠背後的生命之殤

安家石

近讀移居加拿大華裔詩人宇秀的詩作，新雅不俗，讓我喜出往外。她的詩作可以用三個新字來概括，即取材新，手法新，立意新。

宇秀的靈感和所書寫的內容都源自她的現實生活。現實裡的繁瑣焦慮似乎與詩相距甚遠，甚至會把詩意的靈感消磨殆盡，而宇秀便是在這樣的磨損與擠壓之中，以詩給自己創造另一個世界。正如宇秀自己所說的那樣：「生命中所有的難以承受之重之輕，因為可以寫詩而變得可能承受。」現實就是現實，是悲喜交加的混合物，有很多的無奈，甚至有我們不可承受之重，詩便是最好的載體。

宇秀的創作沒有沉淪在蹈襲古人舊作之中，而是對生活進行重新提煉與思考，以生動樸實，活潑風趣的語言，表達出獨特而深沉雋永的詩意詩境，具有鮮明的時代特徵與氣息，這無疑是她的成功之處。她是個把平凡瑣碎的日子過成詩的詩人，在生活中有著感悟生命的超凡能力，往往是不動聲色卻直擊心

靈。其詩作並不華麗，大多都是日常用到的生活物象以及平時都能感受到意境，通過融入現代影視手法，巧妙地編織成一幅幅美麗的生活畫卷，於乾淨洗練、婉約多姿的字裡行間閃爍著靈性之美。在其詩作充滿喜劇詼諧筆觸的背後，透出一種深深的痛。這種痛來自於鄉愁、親情、愛情，有對流年易逝的感懷，也有對生存環境動盪不安的憂慮。善於以極細膩的筆觸和極為敏感的神經，從不同的生活側面來表達對每個過往的強烈執愛與感悟，常常以深深的情蘸著血和淚寫下了不盡的懺悔和牽念、所有的愛和恨、以及對逝去的惋惜與追憶，這也應驗了瘂弦先生說過的那句名言：詩人一生大部分的工作是在搜集人類的不幸。

　　宇秀的筆下有悲愴與感懷，也有張愛玲的媚辣與犀利，充滿戲劇化的元素，這些也得益於宇秀早年的影視修養與豐富的生活體驗。有人說宇秀的詩適合在早晨品茗或啜飲咖啡的時候讀，也適合趕往上班途上品，給瑣碎、浮燥的生活來段心靈的瑜伽。中詩網的一位讀者在宇秀詩帖後是這樣回覆的：「每每讀到你的詩就會安靜下來，靜靜地思考一會。」從宇秀的詩作中，能真切地感受到隨著歲月的流淌，彷彿能夠觸摸到人到中年之後內心深處的那份柔軟。其詩時而小巧玲瓏，時而洋洋灑灑，不拘一格，但不管是長還是短，總能讓人讀到洗盡鉛華之後的那種深刻和與眾不同。比如她的《我忙著綠花菜的綠西紅柿的紅》，此詩在2016年第六期《上海詩人》首發，2017年中國詩歌網上傳後不日閱讀量過萬，進入一周點擊排行榜。她在

詩中寫道：

......

在不知菜價也無需瞭解尿片的時候
我常常像哈姆雷特
延宕在夜空之下思考是生還是死
此刻，我就只顧忙著
綠花菜的綠西紅柿的紅
卻怎麼也擋不住日子跟著綠花菜泛黃
跟著西紅柿潰瘍
偶爾激動的事情像菠菜一樣沒有常性
轉眼就流出腐爛的汁液
所有的新鮮不過是另一種說法的時間

母親在時間的左邊洗完尿布
就到時間的右邊被穿上成人紙尿褲
好像僅僅隔了個夜
那一夜，籃子裡並排躺著
沉著的綠花菜和美豔的西紅柿
它們不知道第二天讓我的心
有多疼

這首詩的靈感源自人盡可知的日常生活小事。全詩平白

如話，不事雕琢，選材精當，立意深遠，通過一組組畫面來凝煉文字，極具視覺衝擊力，字字句句緊扣題旨，無多餘筆墨。用對比的手法來挖掘題旨，從而達到感人至深的藝術效果。水果、蔬菜幾乎時刻都會面臨新鮮與腐爛這樣一個命運，每個人的成長與衰老也都是在不經意之間變幻著。相信也都親歷過這些習見習聞的小事，但是我們大多數人都習以為常，並未做進一步的思索與聯想，把蔬果的生生死死與我們人類自身的命運割裂開，漠然地孤立著。詩題很巧妙，平淡中喻有深意，「忙著綠」、「忙著紅」，紅和綠何嘗不是花花綠綠的紛紜世界，一個忙字，讓人們忽略多少生死攸關的大事？可見作者是處處用心，字字著力。常人則每以忙而選擇敷衍和視而不見，而作者在百忙之中卻敏銳地捕捉到這兩者看似毫不相干的物與人的內在共性，或者說是共同命運，這不是巧合，是苦苦思索的必然。

　　值得重點一提的是，詩中把母親與自己赫然托出畫面，貫穿始終，並不是可有可無的泛泛之筆，細思卻大有深意：母即是我，我即是母，母與我聯繫在一起，看著似是不經意，一切都自然而然，豈知這便是生生死死的幸福與痛苦糾結的無限循環與輪迴。詩人借紅紅綠綠的新鮮蔬菜的速朽，隱喻我們忙碌的日常背後的生命之殤，時間之殤，構思奇特，普通的生活畫面成了詩中的詭異意象。當今華語詩壇泰斗洛夫先生曾經談到宇秀的詩這樣說：「宇秀很會用意象寫詩，她的意象很詭異，這有點跟我像。」

如果沒有詩人的提煉，也許在我們的生活中這些小事日復一日地重演著，也永遠就是不值一提的小事。通過宇秀的筆，使得場景在物與人之間不斷地切換著，形成一個連續不斷的畫面對比，那些「發炎的膿包」、「潰爛」、「潰瘍」、「腐爛的汁液」，悄悄地來，也正悄悄地去，不正是我們自己一步步走向死亡哀號嗎？這是多麼恐怖的字眼，令人不寒而慄，驚心動魄。天下還有比爛死了都不知道還痛的事麼？

　　宇秀在庸常生活裡提煉出詩意的作品有著特別感人的力量，那些生活中的焦慮融於詩中成為詩歌詞語的特別張力。正如上海的文化批評家、《上海采風》主編阿達（劉巽達）先生在讀到刊於2016年第12期《華星詩壇》的《12月31日最後一分鐘》後如是評論：「真實的人生濃縮在歲末年初的時刻，讀來唏噓。催命的帳單構成對美好憧憬的嚴酷威脅，卻又必須面對。所幸的是作家的深刻性總是被艱辛的生活滋養，並不粉飾的態度可以使之走得更遠。生活的饋贈就這樣轉化為文學的饋贈，才使一切變得可以忍受……」

　　女人的芳華大多於生活的瑣碎中無聲無息地殞損，象夜空中流星一樣一閃而過。宇秀也是一個女人，自然不能例外，也要為生活奔波，也要贍養老人，相夫教子，需要面對種種現實人生。如果說生活是骨感的冷漠，那麼詩就是一種奢侈的精神超脫。令人欣慰的是，宇秀沒有在紅紅綠綠的忙碌中選擇沉淪，而是把一個女性對生活中的種種感遇與體驗，以詩的形式記錄下來，使得我們在厭倦了男人世界殺聲震天的縫隙中去聆

聽從女性世界發出的心聲，去體味女性觸覺的獨特與細微，在
婉約與豪放之間的盡情傾訴，如春蠶吐絲，綿而不絕；夏蓮出
水，豔而不妖；秋雨落紅，哀而不傷；冬雪催梅，香而留夢。

　　　　　　　　丁酉之春二月初二於淮上　榴香居

*安家石，書畫家、詩人、腦外科專家。

忙紅忙綠

語言文學類　PG2147　秀詩人42

忙紅忙綠

作　　者/宇　秀
責任編輯/徐佑驊
圖文排版/林宛榆
封面設計/蔡瑋筠

發 行 人/宋政坤
法律顧問/毛國樑　律師
出版發行/秀威資訊科技股份有限公司
　　　　114台北市內湖區瑞光路76巷65號1樓
　　　　電話：+886-2-2796-3638　傳真：+886-2-2796-1377
　　　　http://www.showwe.com.tw
劃撥帳號/19563868　戶名：秀威資訊科技股份有限公司
　　　　讀者服務信箱：service@showwe.com.tw
展售門市/國家書店（松江門市）
　　　　104台北市中山區松江路209號1樓
　　　　電話：+886-2-2518-0207　傳真：+886-2-2518-0778
網路訂購/秀威網路書店：https://store.showwe.tw
　　　　國家網路書店：https://www.govbooks.com.tw

2018年11月　BOD一版
定價：240元
版權所有　翻印必究
本書如有缺頁、破損或裝訂錯誤，請寄回更換

國家圖書館出版品預行編目

忙紅忙綠 / 宇秀著. -- 一版. -- 臺北市：秀威
　資訊科技, 2018.11
　　　面；　公分. -- (語言文學類；PG2147)(秀
詩人；42)
　　BOD版
　　ISBN 978-986-326-627-3(平裝)

851.486　　　　　　　　　　107018686

讀者回函卡

感謝您購買本書，為提升服務品質，請填妥以下資料，將讀者回函卡直接寄回或傳真本公司，收到您的寶貴意見後，我們會收藏記錄及檢討，謝謝！如您需要了解本公司最新出版書目、購書優惠或企劃活動，歡迎您上網查詢或下載相關資料：http:// www.showwe.com.tw

您購買的書名：_____

出生日期：_____年_____月_____日

學歷：□高中 (含) 以下　　□大專　　□研究所 (含) 以上

職業：□製造業　□金融業　□資訊業　□軍警　□傳播業　□自由業
　　　□服務業　□公務員　□教職　　□學生　□家管　□其它_____

購書地點：□網路書店　□實體書店　□書展　□郵購　□贈閱　□其他

您從何得知本書的消息？

　　□網路書店　□實體書店　□網路搜尋　□電子報　□書訊　□雜誌
　　□傳播媒體　□親友推薦　□網站推薦　□部落格　□其他_____

您對本書的評價：（請填代號　1.非常滿意　2.滿意　3.尚可　4.再改進）

　　封面設計____　版面編排____　內容____　文／譯筆____　價格____

讀完書後您覺得：

　　□很有收穫　□有收穫　□收穫不多　□沒收穫

對我們的建議：_____

_____

_____

_____

11466
台北市內湖區瑞光路 76 巷 65 號 1 樓

秀威資訊科技股份有限公司　　　收

BOD 數位出版事業部

....

（請沿線對折寄回，謝謝！）

姓　　名：＿＿＿＿＿＿＿　年齡：＿＿＿　性別：□女　□男

郵遞區號：□□□□□

地　　址：＿＿＿＿＿＿＿＿＿＿＿＿＿＿＿＿＿

聯絡電話：(日)＿＿＿＿＿＿＿　(夜)＿＿＿＿＿＿＿

E-mail：＿＿＿＿＿＿＿＿＿＿＿＿＿＿＿＿